AF356713

AURÉLIE WYLEZYNSKA

Jeunes Poètes

:: :: :: Polonais

Extrait d'une conférence donnée à la Sorbonne
le 4 mars 1925.

LES AMIS DE LA POLOGNE
16, Rue de l'Abbé de l'Epée, Paris (5e).
1926

Aurélie WYLEZYNSKA

DU MÊME AUTEUR :

Ryszard Berwinski, étude, 1914.
A la Porte dorée, roman, 1921.
Marie Leszczynska à la Cour de Versailles, 1922.
Surprises sentimentales, roman, prix G. Zapolska, 1923.
Le Livre du Tourment, roman, 1926.

TRADUCTION :

D. MEREJKOWSKI. — *Naissance de Dieu*, 1926.

SOUS PRESSE :

L. MICKIEWICZ. — *Mémoires*. — En collaboration avec
S. P. KOCZOROWSKI.

Jeunes Poètes Polonais

U lendemain de la guerre mondiale, la vie nous apparut, à tous, sous un aspect nouveau.

L'indépendance politique opéra un changement profond dans la conscience nationale, fait qui trouva un écho immédiat dans la littérature.

La littérature d'avant guerre, qui avait été un facteur si puissant de vie collective, passait désormais dans le domaine de l'histoire. Nos grands poètes romantiques n'avaient parlé que d'indépendance ; notre positivisme avait prêché le devoir social ; le néoromantisme, avec Wyspianski en tête, attendait la Pologne nouvelle ; les romanciers les plus célèbres nourrissaient par leurs écrits le sentiment de révolte contre l'oppression, frayaient des voies à la liberté. Plus un écrivain avait su faire pénétrer dans ses œuvres les idées et les sentiments interdits par la censure officielle, plus il était goûté, compris, apprécié.

La littérature de cette époque ne consistait pas en belles paroles, en phrases bien tournées, elle s'était mise au service de la cause nationale et accomplissait ce devoir qu'elle avait accepté de son plein gré. Une nation assujettie est incapable de créer la vie, — son principe est de résister, de durer, de ne pas se laisser rayer du nombre des vivants.

Ce devoir envers la Patrie était accompli, cette espèce de sacerdoce était exercé avec plus ou moins de succès par tout homme de lettres polonais de cette époque.

On ne peut donc être surpris qu'à partir du moment où cette obligation cessait, dans la joie presque enfantine de pouvoir écrire et vivre à sa guise, on se détourne de cette littérature qui avait nourri plusieurs générations. Etait-ce de l'ingratitude ? Non, mais tout simplement l'instinct naturel de l'homme qui sortant d'une longue maladie oublie facilement le remède dont il n'a plus besoin, trop heureux de n'avoir plus à s'en servir.

La nouvelle poésie est indépendante de tout système. Ses principaux représentants sont les Scamandriens qui tirent leur nom d'une revue intitulée « Scamander », leur centre et leur trait d'union. Les Scamandriens ont conquis leur place dans les lettres polonaises dès le premier assaut. La victoire fut d'ailleurs aisée, la critique ne leur ayant opposé qu'une faible résistance. Bien qu'ils portent un nom unique et forment en apparence un bloc serré, ils présentent cependant un ensemble de personnalités artistiques multiples, parfois même très différentes, et non un groupe homogène. S'ils ont entre eux certain trait commun, c'est bien celui de la jeunesse. Quand, en 1919, ils commencèrent à lancer leurs premiers volumes, ils avaient tous environ vingt ans. Aujourd'hui ils atteignent la trentaine. C'est là un symptôme général très curieux d'après guerre. Radiguet est mort à vingt-trois ans, Montherland a environ vingt-six ans. Un autre trait qui leur est commun, c'est leur solidarité. Ils se portent un mutuel appui, s'adressent des louanges, s'offrent réciproquement leurs vers et s'amusent entre eux dans leurs écrits sous les yeux des lecteurs. Tous évidemment ont commencé à écrire après la guerre. Le cataclysme universel a touché leurs âmes, en a fait jaillir leurs talents plus vite que cela n'aurait eu lieu en temps normal ; ils ont mûri prématurément, — non pour goûter l'amertume de la vie, mais, au contraire, pour se détourner du mal et de la souffrance, pour chercher autour d'eux et surtout en eux l'allégresse et la joie. Leurs âmes presque enfantines protestèrent énergiquement contre la tendance à envisager la vie comme un désastre et prirent conscience du bonheur résultant du fait seul d'être jeune et de se sentir tel. Rolla, de Musset, à vingt ans se plaint : « Je suis venu trop tard, dans un monde trop vieux ». Eux, les Scamandriens, ont tant d'enthousiasme et d'entrain qu'ils sont sûrs de renouveler le monde. Ils sentent la volupté qui découle de la vie elle-même, du moment présent, de ce que tout est comme il est, de ce que toute impression peut être vécue jusqu'à son épuisement total. Rien d'étonnant dès lors si les petits volumes de leurs poésies ont été de véritables sourires et que la jeunesse leur ait tendu joyeusement les bras, les faisant siens, pour se parer d'eux comme de ses propres sourires.

Si l'on tient à rechercher les origines de cette poésie, il faut s'en rapporter au romantisme, en lui adjoignant toutes les manifestations ultérieures de l'art, sans oublier les plus proches, le symbolisme et le futurisme. Et si d'autre part, il s'agit d'affinité,

notons quelques noms dont les Scamandriens aiment à se récla-
mer eux-mêmes : Verhaeren, Wittman, Rimbaud et les plus ré-
cents poètes russes. Certes, il ne peut en être autrement : héritiers
des générations antérieures, nous portons sur nos épaules le poids
d'un long passé de civilisation ; cela toutefois n'a d'influence ni sur
l'originalité ni sur la particularité d'une époque donnée qui garde
son caractère distinctif.

C'est avec beaucoup de raison que les Scamandriens, sans tracer
de programme, mais en exprimant seulement leur *Credo*, marquent
le but qu'ils se proposent : « Nous voulons une fois encore, mais
une fois seulement, montrer le souffle printanier des matins et la
tristesse fluide des soirs, la course sauvage des trains de fer et le
parfum réséda des reflets de la lune, le tumulte trépidant des rues
des grandes villes et le doux calme des blanches maisonnettes.
Absorber tout cela en soi et parler avec des mots amples et simples comme le geste des bras maternels qui s'ouvrent. Nous voulons être les poètes du jour présent. »

La littérature, comme l'amour, nous fait vivre et revivre dans
une lumière toujours nouvelle, ce qui, éternellement pareil,
nous paraît neuf et unique, parce que c'est nous qui le vivons,
bien que des milliers d'êtres aient connu avant nous et connaî-
tront après nous les mêmes impressions. Vivre son heure, la dire
en son verbe, il n'y a jamais rien eu d'autre ni dans littérature ni
dans l'amour...

La seule différence qui se fasse sentir entre la nouvelle poésie et
celle qui l'a précédée, c'est ce ton, cet accent particulier, la voix
propre à cette génération, voix allègre et joyeuse qui chante le
monde d'aujourd'hui dans toutes ses manifestations. Ce qui les
ravit surtout, les jeunes, c'est la ville en tant qu'immense, insaisis-
sable mécanisme : les pulsations rapides du travail les émerveillent ;
les découvertes, le progrès technique leur en imposent. Enfants de
l'époque des prodiges féeriques, qui ont assisté à la prise de pos-
session de l'air et qui ont vu « comment les aéroplanes volent à la
rencontre du soleil », ils font l'apologie du sixième sens ; les télé-
phones, les télégraphes qui commandent aux sons de parcourir
d'énormes distances sans conducteurs, font leur admiration. Leurs
cerveaux de rêveurs sont hantés par le désir de visiter des pays
inconnus, ils voient « dans le monde imprimé l'alphabet des rêves
inassouvis »; ils effectuent en pensée des voyages merveilleux et se
font un jeu des rimes géographiques, inconnues jusqu'ici dans
la poésie. De plus et surtout, la moindre manifestation de la vie les

intéresse et leur semble digne d'attention Le naturalisme soumettait à la vivisection chaque détail, chaque fait journalier le plus minime, pour le réduire encore davantage et le ranger sous la loi de la nature. Leurs yeux perspicaces aperçoivent tout également, mais, de tout ce qui est terne et banal, ils savent faire un poème coloré, pour nous dire après, et avec raison, qu'il n'y a pas de sujet vain pour l'art, pas plus qu'il n'y a d'évènements sans importance pour la vie.

Les Scamandriens sont épris de la beauté de la forme, ils ont le culte de la langue et croient au « caractère sacré de la rime », tantôt pleins de simplicité, tantôt s'amusant et jonglant avec les mots. Longuement, ils caressent leurs phrases, jusqu'à ce qu'elles leur sourient. Ne se contentant pas comme les futuristes « de la couleur concentrée d'un substantif nu », ils lui adjoignent des adjectifs inattendus, frais, et de fait éloquents, qui rajeunissent le nom. Ils ne reculent pas devant les descriptions les plus simples et ne redoutent pas les expressions les plus osées.

La Neige

Poussière de perles ! O mon bruit sifflant,
Mon vent très cher ! O toi, amant blanc
Des fols orages — qui sous les brumes blanches
Moussent sur le sol gelé — en avalanches !

O danse joyeuse du cœur, des yeux, du sang,
Du monde entier ! Tu luis, et tu brilles dans
Le soleil de givre et de diamants.
O neige ! neige divine,
O mon panache charmant !

WIERZYNSKI

(Traduit par J. CHMIELINSKI.)

Casimir Wierzynski

ASIMIR Wierzynski est peut-être la meilleure illustration
du changement effectué dans l'âme polonaise et l'expression la plus fidèle de la génération d'après-guerre.
Il y a vingt ans, chacun lisait les poésies de Tetmajer, chacun
était rempli de vague ennui, de mélancolie, de satiété ; aujour-
d'hui, on boit à la source fraîche de la poésie : la gaîté, la joie de
vivre, le rire. Casimir Wierzynski est jeune, il est la jeunesse

même. Grand, blond, charmant, plein d'un entrain magnifique il parle souvent de ce qu'il porte en lui de radieux :

« Je suis tout entier d'une couleur bleue, moi,
« Qui ai bu le ciel comme du vin dans l'auberge. »

Poète de race, il est impossible de s'imaginer que Wierzynski fasse autre chose que d'écrire des vers. Nous ne dirons pas qu'il chante comme un rossignol, — le rossignol n'étant plus à la mode à cause de sa mélancolie, — disons donc qu'il gazouille comme *« un moineau sur le toit »*. Il parle beaucoup de lui-même, il parle surtout de lui-même, il ne parle que de lui-même. Dans un hymne, il célèbre la vie, la jeunesse et la joie, mais sa vie, sa jeunesse et sa joie à lui. Il est printemps et vin. Printemps qui fait fondre la glace et, sur la neige blanche, sème les fleurs ; vin qui mousse, pétille et dont on peut s'enivrer, — doux jusqu'à la folie, liqueur à goût de bonbon et traître comme le vin d'Anjou.

Un poète tel que Wierzynski aime tout et tout le monde. L'univers et lui sont *« compère et compagnon »*. Il adore la nature et c'est au milieu d'elle qu'il se sent le plus heureux et le plus libre. Il parcourt les forêts et les champs, tel un jeune dieu qui aurait créé tout cela pour sa joie et sa gloire. Il chérit la terre sans phrases et ardemment. Il lui parle avec douceur et intimité, avec des paroles de tendresse, ainsi qu'on murmure à une femme aimée, et il contemple sa vie, non comme une énigme, anxieusement, en se posant les questions qui rendent perplexe, mais avec une naïve curiosité et une pieuse vénération pour le mystère sacré qui se déroule dans son sein. Il adore les enfants — il peut jouer avec eux, ils ne se moqueront pas de lui, le comprendront au mieux, — et puis, ils sont si jolis à voir lorsqu'ils se baignent et ensuite se chauffent dans le sable doré, ou bien encore lorsqu'ils se promènent au milieu de pavots rouges, fleurs eux-mêmes.

Les femmes étant un élément de printemps, Wierzynski les admire avec transport, les caresse des yeux et joue avec elles, mais au lieu de les envelopper de nuages et d'arcs-en-ciel, il met à leurs pieds de petits décolletés à la mode et accroche à leurs chapeaux une aigrette de paradis Il voudrait les étreindre de son bras fort, comme on étreint du regard la verdure. Il voudrait sur les lèvres de l'une d'elles les embrasser toutes, ou plutôt, baiser sur toutes les lèvres la même.

« Les âmes s'uniront dans un baiser
Comme un sourire avec un autre sourire ».

En plus de cette jeunesse épanouie et enthousiasté, ou peut être de cette effrénée vantardise, il y a dans ses vers d'amour des accents si forts, si beaux, si profondément vécus et personnels, que certains de ses poèmes contenus dans le recueil intitulé « *Le Printemps et le Vin* » peuvent être comptés parmi les plus beaux de ce genre dans la poésie polonaise.

Wierzynski est insouciant et heureux. Il flirte avec le monde entier et sourit au ciel. Les mots : bonheur, joie, oubli, se retrouvent chez lui aussi souvent que les mots : douleur, nostalgie, regret, chez les poètes de l'époque précédente. Contrairement à eux qui portaient un masque de tristesse et de mécontentement, il nous montre son visage rayonnant d'un continuel ravissement. Parfait optimiste, il aime les hommes, se réjouit avec eux, voudrait donner à chacun le meilleur de lui-même : son allégresse, sa joie de vivre, son bonheur. Et il croit le faire : *Je suis sorti de moi-même, j'habite gratuitement chacun de vous.*

Jouir, faire vibrer au dehors les richesses de vie dont déborde sa jeunesse, tel est son but. Puisqu'il est ainsi fait, que la poésie est pour lui l'instrument le plus tendre, le plus docile et le plus délicat, à l'aide duquel il peut exprimer ses sensations et impressions — il écrit des vers. Et comme il semble être venu au monde pour cela, — la poésie n'étant pour lui ni un art, ni la douleur de créer, — elle est pour lui un moyen et non une fin. Il se réjouit donc seulement de ce que l'on peut parler, dire ce que l'on veut et à qui l'on veut : aux hommes, au soleil et surtout à soi-même ; — de parler dans une forme parfaite, franchement, sans cothurnes, avec grâce et de la manière la plus simple.

« *Le Printemps et le Vin* » n'est qu'un cri de jeunesse et de franche gaîté. Ce petit volume de poésies forme un ensemble parfaitement harmonieux et présente l'exemple rare d'un premier livre dans lequel l'auteur se manifeste tout entier, sans rien garder en réserve, au dire des malicieux. Certes, un second recueil « *Les Moineaux sur le toit* » n'apporte rien de bien original. L'auteur, suivant un programme tracé d'avance, répète froidement ce qu'il avait déjà dit ailleurs avec chaleur et spontanéité. Cependant, les voyages à l'étranger ont ravivé la sensibilité de Wierzynski et « *La Grande Ourse* » contient de fort belles choses. On y trouve des sentiments nouveaux, des questions, des problèmes, des mystères — comme un pont jeté entre le printemps et les autres saisons de la vie. Car, sans aucun doute, le poète tirera des accents nouveaux des autres saisons de sa vie et il aura encore beaucoup à dire. Celui qui a su rendre avec tant de fraîcheur l'insouciance radieuse de la première jeunesse, trouvera également l'expression personnelle et propre à son génie pour exprimer d'autres sentiments. « *Le Mémorial de l'Amour* », fait ressentir que la note la plus forte qu'il soit donné à l'auteur de faire jaillir de lui-même en ce moment, c'est la note de l'amour.

Le Printemps et le Vin

Le printemps et le vin, deux
*   poumons gonflés,*
D'une haleine puérile, qui chantent
*   dans un rire*
Et dans l'extase payenne et aveuglée,
La terre, le panthéisme et l'homme et la vie.

Le printemps et le vin, deux
*   lèvres adorées,*
Qui tournent dans les têtes
Les rêves enchantés,
Dans cette tête, qui fume de joies bigarrées.
O mes amis ! Je trinque à votre santé !

WIERZYNSKI.

(Traduit par J. CHMIELINSKI.)

Julien Tuwim

ULIEN TUWIM est un enfant de la ville, voire même de la ville industrielle de Lodz, qui plus qu'aucune autre cité de Pologne, offre l'image du travail, de la lutte, du mouvement. Tuwim, extrêmement sensible comme artiste et comme homme, a saisi par toutes les fibres de son être cette vie trépidante de labeur et de combat.

La notion de la ville elle-même, en tant que grande agglomération d'hommes, le ravit. Le rythme de cette vie, par la lutte interrompue qu'elle impose, par la rumeur cadencée de la rue, est pour lui une véritable musique ; les pulsations des artères souterraines de la grande ville le pénètrent d'un frisson voluptueux. Ses yeux centuplés voient tout, se réjouissent en regardant comment s'élèvent les gratte-ciel, les blanches et rouges maisons à quarante étages, pure fantaisie de l'imagination il y a peu de temps encore, comment brillent les lumières de fenêtres et celles de petits théâtres, et comment grouille la masse humaine des quartiers populaires et des grands boulevards. Il se plaît à écouter les sifflements des sirènes d'usines, le roulement sourd des tramways qui s'avancent lourdement, trépident et glissent sur leurs rails en poussant des grincements stridents : « *La ville bouillonne en moi comme une symphonie Je suis fou !* »

Mais ce n'est là qu'un côté seulement de ce qu'éprouve et ressent le poète. A son tour, la conscience de la disproportion entre l'effort et le labeur humain et de ce qu'il rapporte s'éveille dans le cœur de Tuwim. Tandis que Wierzynski est bon, parce qu'il ne peut être autrement et se réjouit avec ceux qui se réjouissent, parce qu'il ne voit que ceux-là sur terre, Tuwim est compatissant, car il a aperçu jusqu'à la souffrance de ceux qui ne la perçoivent pas eux-mêmes. Il prie pour eux. Dans sa douleur, Tuwim cherche Dieu, le guette et l'épie. Il veut le découvrir, voir comment il se comporte, se rendre compte s'il n'est pas effrayé lui-même à la vue de ce monde qu'il a créé pour sa gloire et pour le bien des hommes. Wierzynski devant une belle journée naissante, se réjouit de la joie qu'en aura Dieu. Le Christ de Tuwim est le Christ de la cité, il le rencontrait dans les impasses sordides, au milieu d'obscurs personnages, rebuts de la société.

« *Le Christ dans la Ville* » est certainement une des pages les plus religieuses de notre poésie contemporaine. Le poète s'y sert de moyens extrêmement simples pour provoquer une impression très forte.

Tuwim ressent si entièrement et si fort le moment présent, le moment qui, pour lui, comme d'ailleurs pour chacun de nous, est le seul moment qui importe, le seul digne de notre attention et digne d'être retenu, — qu'il y ramène même le passé, en le rapprochant de nous, pour lui imprimer une marque personnelle. Quand Socrate ivre se met à danser, « *l'homme le plus sage danse,* » et avec lui : le bien et le mal, les hommes, les dieux, la vertu, la vérité, l'éternelle Moira — le destin, les pieds du vieillard se meuvent en cadence au son d'une chanson populaire toute moderne, connue de tous ; les paroles qui accompagnent sa danse ne semblent plus être adressées aux Athéniens de la place publique, sous le soleil ardent, dans la belle langue grecque, mais bien à nous-mêmes en notre langage actuel, nous apportant la solution des problèmes qui nous préoccupent.

A côté de la profondeur dont vibrent certains de ses écrits, Tuwim, comme Wierzynski, a pour lui sa jeunesse dont il est fier, des yeux clairs et captivants, un sang rapide et chaud. « *Quel bonheur que le sang soit rouge* » s'écrie-t-il. Un autre trait, qui lui est commun avec Wierzynski, c'est qu'il aime à parler de lui, à ne pas marchander au lecteur des informations sur lui-même, habitude nouvelle dans la poésie, mais charmante. Comme nous sommes loin du temps où l'artiste se plaisait à s'entourer de mystères, était inaccessible et démoniaque. Nous avons des détails sur nos jeunes poètes, nous connaissons leurs goûts, nous savons qu'ils aiment et comment ils aiment, quel tramway ils prennent, et quelle cravate leur sied le mieux. Les futurs critiques n'auront pas grand mal à établir les dates et les noms...

Leur manière d'aimer est aussi très différente de celle des poètes d'autrefois, elle est sereine et joyeuse. Tuwim aime de toute la mélodie du vers, de toute la tendresse de la parole, avec une délicate pénétration qui est la pénétration d'une âme par une autre âme. Il l'aime en poète, en homme aussi, et comme aime un charmant gamin. Cependant plus que l'amour et plus que le mystère des origines, le mystère de la mort le préoccupe et l'inquiète. Tout problème, tout mystère se posant pour lui dans le concret, c'est tel cas particulier de la mort, c'est le fait même de la mort qui l'intéresse. Trop jeune, trop absorbé par la vie pour réfléchir directement sur la question de sa propre fin, il l'étudie par des voies détournées à propos des autres. Ces temps derniers on remarque chez Tuwim un certain changement ; son attitude à l'égard de la vie, et par là, de l'art, est moins audacieuse, moins insouciante et ne dénote plus la même assurance. Des problèmes ont surgi là où il ne s'attendait pas à les rencontrer, les inquiétudes troublantes apparaissent. Le problème de son travail créateur, travail jusqu'ici libre et tout spontané, commence à le préoccuper. Cette poésie qui lui semblait facile et naturelle et qui jaillissait de son âme sans effort, provoque maintenant son étonnement : ainsi donc, on ne chante pas comme chante un oiseau, mais pendant les heures vécues dans l'insouciance on emmagasine inconsciemment les matériaux ; les pensées fugitives se cristallisent au cours des années pour prendre corps sous d'autres formes.

Jacques Chardonne, le subtil auteur d'*Epithalame*, a dit que quelquefois un seul instant et surtout un instant de la jeunesse, est capable de féconder tout un livre. Où nos pas nous semblaient les plus légers, c'est là qu'ils ont laissé des traces indélébiles.

Mais ces choses, on ne les ressent et on n'en prend conscience que lorsque l'âme a mûri. L'âme de Tuwim est arrivée à la maturité. Il le sait et il sait aussi, fruit amer de l'expérience et désastre pour l'écrivain : qu'il faut offrir à l'art en holocauste, le plus fort et le meilleur de ce que l'on a vécu et senti ; que l'artiste, en vertu du don merveilleux et terrible qu'il possède, est contraint de traduire en des paroles arrachées avec désespoir à son âme, tout ce sur quoi son regard se sera posé.

✤

Le chant sur la Blanche Maison.

Ils bâtissaient une Blanche Maison,
Une Blanche Maison à cent étages,
Ils bâtissaient une folle Maison
A cent étages et tout en marbre.
Sur les échelles, échafaudages,
Ils dressaient les paratonnerres
Pour que la foudre y tombe en rage
Comme sur les éblouissantes églises.
Ils bâtissaient la Blanche Maison,
La pierre volait sous le ciseau.
Ils érigeaient, les ouvriers,
Les toits, les tours et les coupoles
Que les Grands Maîtres ont martelées
A leurs rêves, rêves campanilés.
Ils bâtissaient, ils bâtissaient
Et le soleil luisait au loin,

La rue en rougeoyait au coin,
Et tous les ouvriers chantaient :
« Nous bâtissons une Blanche Maison,
« Une Blanche Maison à cent étages,
« A cent étages et tout en marbre,
« Pour que la foudre y tombe en rage
« Comme sur les éblouissantes églises. »

Et au quarantième étage
Il y avait un jeune maçon
Qui avait des yeux d'azur ;
Il chantait, le jeune maçon :
« Quand la maison sera finie,
« La Blanche Maison à cent étages,
« Ce sera peu pour mon courage :
« J'irai plus haut, j'irai plus loin,
« Jusqu'au blanc soleil qui point.
« J'irai plus haut que toute la ville,
« J'élèverai des étages cent mille. »
Et les maçons se mirent à rire :
« Nous verrons ce que Dieu va dire. »
Et les côtes ils se tenaient,
Et ils riaient, riaient, riaient.

J. Tuwim.

(Traduction J. Chmielinski).

Jaroslaw Iwaszkiewicz

ANDIS que Wierzynski fit son entrée dans le monde d'un bond subit, armé magnifiquement des pieds à la tête, tel une Minerve prête au combat, *Jaroslaw Iwaszkiewicz*, au contraire, y apparut vêtu de haillons, mais de sompteux haillons de pourpre. Wierzynski est lui même, Iwaszkiewicz le devient. Ses premiers petits volumes de vers sont très inégaux, tant par leur valeur que par leur genre. Iwaszkiewicz possède d'immenses ressources qu'il introduit dans la poésie, mais il les dilapide fréquemment. Fils de l'Ukraine, « esprit de la steppe », indiscipliné, fantasque et extrême, il a à sa disposition un coloris chaud et savoureux, méridional et oriental à la fois, dont rêvent vainement les autres poètes. Ses yeux, accoutumés à la lumière, ne se baissent devant rien. Des paroles éblouissantes et splendides, des vers mélodieux, une imagination vigoureuse, des jeux folâtres qui gambadent au bord des précipices..., mais le tout manque d'harmonie. La prose de ses premiers écrits a toutes les qualités et tous les défauts de sa poésie. Ce qui frappe en elle, c'est un réalisme outré, à côté d'une imagination non maîtrisée ; un tempérament fougueux de fils des confins de la terre polonaise, entrant en conflit avec une grande culture ; une profonde érudition qui apparaît à côté d'une sorte de « je m'enfichisme ». Ici comme ailleurs, les bribes d'une pensée brillante ne sont pas suffisamment subordonnées à l'idée maîtresse

Iwaszkiewicz a obtenu le Prix des Editeurs pour son roman : « La fuite à Bagdad ». L'auteur semble répondre entièrement aux espoirs qu'on mettait en lui. Il est à prévoir que c'est bien du côté de la prose que va continuer à se développer son beau talent. Son dernier roman parle de l'Ukraine d'avant-guerre, de cette Ukraine qui n'existe plus aujourd'hui sous cette forme et a même cessé d'exister à jamais.

Son titre : *La Lune qui se lève*, est déjà à lui seul une évocation. Le grand disque rouge de la lune, qui semble se lever au-delà des mers lointaines pour rester ensuite suspendu quelque part dans les hauteurs, est ce qu'il y a de plus caractéristique pour ces immenses étendues de l'Ukraine. Tout y subit son charme. Slowacki disait de la nuit ukrainienne au clair de lune : « Par cette nuit, un aveugle même eût reconnu ces steppes, au parfum des fleurs de la patrie ».

Iwaszkiewicz aime ardemment l'Ukraine, il ressent avec force ce qui en constitue la particularité ; il l'appelle la sixième partie du monde. Déjà, dans « *Les Noces Automnales* », il en donne une vision merveilleuse ; à côté de menus détails très suggestifs, il a saisi tous ses traits spirituels. Charmantes ces maisonnettes blanches aux perrons à colonnes, les coupoles dorées des églises orthodoxes, les routes sans fin, le long desquelles se répondent, çà et là, les grelots de rares attelages de voyageurs ; pittoresques les champs noirs reluisant comme l'agate, les jardins touffus. Il a le même amour des fleurs et des fruits que Francis Jammes, mais la nature du poète rustique faite au pastel est un peu pâle à côté de la puissante vitalité du coloris d'Iwaszkiewicz. Les fruits qu'il décrit sont succulents , sous le velouté vermeil de la pêche, on devine une chair savoureuse et nourrissante ; sous la peau transparente du raisin coule déjà la boisson dionysiaque ; les cerises, les superbes cerises ukrainiennes, ont leur surface perlée d'une brillante rosée.

La langue d'Iwaszkiewicz a subi une profonde évolution, et il est curieux de voir comment le noble métal enfoui dans la mine se liquéfie et devient sous sa plume l'or pur et beau de la prose polonaise. Dans ses premières œuvres, Iwaszkiewicz jouait avec son lecteur ; il le conduisait à travers les corridors obscurs pour lui lancer ensuite, en plein dans les yeux, des jets aveuglants de lumière ; ouvrait une porte et en refermait brusquement une autre ; faisait voir des hommes comme des ombres et traitait les ombres comme les hommes — tel un magicien qui, incertain de son charme et pour maintenir son pouvoir, est forcé d'avoir recours à des trucs. Aujourd'hui, sûr de sa force, il n'hésite plus à appeler les choses par leurs noms : le soleil, le soleil ; la nuit, la nuit. Car il sait que lorsqu'il le voudra, il saura faire de la lumière, tout aussi bien qu'il saura, à son gré, faire tomber le rideau de velours de l'obscurité.

La Lune se lève

Il s'arrêta en face de l'étang et regarda le pont, les saules, le village, les moulins à vent. Sur le ciel deux longs nuages se traînaient lumineux. De bleus — oh ! qu'il était froid le bleu de ce ciel d'automne — ils devinrent d'une teinte de saphir. Antoine attendit, et bientôt derrière ces nuages apparut un grand, trop grand, bouclier tout blanc. La lune se levait.

Il tourna le dos à cette apparition majestueuse. Mais il aperçut des cercles clairs sur l'eau et la face d'or de la lune reflétée voguait vers lui brisée en deux par les vagues. Il s'en alla à travers l'allée des marronniers, marchant dans la direction de la maison. Les souvenirs de ses transports amoureux et mystiques fuyaient à travers sa tête, — le monde lui parut le plus vide, puis le plus beau des mondes. Il comprit qu'il ne désirait plus rien, ni amour, ni effort, pas même Dieu, rien que de prendre dans ses mains les instants fugitifs et quotidiens les plus beaux et les retenir. Les connaître, les comprendre et les exprimer. Leur donner une vie nouvelle, à ces instants — une vie éternelle. Sur le perron il se retourna encore une fois. La lune se trouvait plus haut, parmi les branches dénudées, plus petite déjà bien qu'encore très grande. Elle se colorait un peu. Arrêter les instants de la vie, se pencher sur elles songeur, leur donner une existence durable — voilà le but retrouvé — pensait-il. C'est déjà tout. Rien de plus.

J. Iwaszkiewicz.

(Traduit par St. Hulanicka.)

Sept années se sont écoulées depuis que la Pologne est redevenue ainsi que le rêvait Wyspianski « un pays comme tout autre pays ». Elle vit de la vie d'une nation, sûre de son existence et de son lendemain. C'est dire qu'elle se développe d'une manière normale, totale et riche. Sa littérature jouit d'une liberté illimitée quant à la forme et quant au contenu, les voix diverses trouvent à s'y exprimer, elle favorise l'épanouissement de toutes les possibilités, répond aux besoins de tout le monde, autant du grand public que d'un public choisi.

L'art est appelé à devenir la beauté de la vie et à ne pas en rester le catéchisme ; il en découle un changement du rôle spirituel de l'artiste. L'artiste n'a point de devoirs envers qui que ce soit, sauf envers lui-même, envers sa propre probité et sa franchise. Il peut, si son tempérament l'entraîne dans ce sens, agiter des problèmes politiques ou sociaux. Mais il n'est nullement forcé de le faire, — que les politiciens et les économistes le fassent ! Il est permis à l'artiste d'écrire ce qu'il veut et comme il le veut. La seule chose que la société ait le droit d'exiger de lui, c'est qu'il écrive bien.

L'art est donc libre aujourd'hui. Sacrificateur du beau uniquement, il n'est plus gardien de l'idéal. Prendra-t-il de ce fait un plus large et plus libre essor ? Les poètes polonais de l'époque du romantisme, en servant la cause sacrée de la nation, se sont élevés jusqu'aux suprêmes sommets de l'art. Les poètes affranchis de tous les liens risquent de rester dans les régions inférieures. Mais espérons qu'il n'en sera rien : ceux qui ont déjà conquis la gloire justifieront leurs lauriers gagnés peut-être parfois trop facilement, tandis que les jeunes poètes, de jeunes gens qui promettent, devenus hommes mûrs, réaliseront leurs belles promesses.

Imp. Fr. Simon, Rennes.